Marco Haurélio

A HISTÓRIA DE AMOR DE PITÁ E MOROTI

Ilustrações de
Veruschka Guerra

1ª edição - São Paulo - 2013

Copyright © 2013

Marco Haurélio (texto)
Veruschka Guerra (ilustrações)

Todos os direitos desta edição reservados à Editora Volta e Meia

Editora Volta e Meia
Rua Engenheiro Sampaio Coelho, 111
04261-080 – São Paulo – SP
Fone/fax: (11) 2215-6252
Site: www.editoravoltaemeia.com.br

Revisão: Juliana Messias
Capa: Valquiria Valhall sobre ilustração de Veruschka Guerra
Editoração Eletrônica: Valquiria Valhall
Ilustrações: Veruschka Guerra

Dados Internacionais de Catalogação na Publicação (CIP)
Angélica Ilacqua CRB-8/7057

Haurélio, Marco
  A história de amor de Pitá e Moroti / Marco Haurélio; ilustrações de Veruschka Guerra – São Paulo : Editora Volta e Meia, 2013.
  32 p. : il., color.

ISBN: 978-85-65746-00-7

1. Lenda indígena 2. Literatura infantojuvenil 3. Cordel
I. Título II. Guerra, Veruschka

13-0084   CDD 028.5

Índices para catálogo sistemático:
1. Cordel – Literatura infantojuvenil

Algumas palavras antes da leitura

A lenda que você vai ler, recriada em cordel, era contada há muitas gerações pelo povo guarani, que vivia às margens do rio Paraná, do lado argentino. Boa parte na nação guarani sucumbiu à invasão de suas terras, pelos europeus, a partir do século XVI. Além de serem submetidos a trabalhos forçados e a outras formas de violências, muitos não resistiram às doenças trazidas pelo colonizador branco.

Os guaranis, atualmente, vivem em algumas regiões do sul do Brasil e do Paraguai. Neste país, sua presença é tão forte que o guarani tornou-se a segunda língua. A história apresenta algumas diferenças da conhecida lenda amazônica, mas, no essencial, está muito próxima dela. *Uapé*, a história em que se baseia o nosso cordel, foi publicada no ano de 1949 em Buenos Aires, por Ernesto Morales no livro *Leyendas guaraníes*. Uapé – ou *wa'pé* – é o nome indígena da vitória régia.

O autor

O vento vindo do Sul
É como a voz do ancião,
Sabedoria surgida
Em tempos que longe vão,
Flores que hoje são colhidas
No jardim da tradição.

Muitas lendas são contadas
Pelo povo guarani.
De uma delas pelo menos
Eu nunca mais esqueci:
A linda história de amor
De Pitá e Moroti.

Pitá, um bravo guerreiro,
Moroti, linda donzela.
Se ela o amava demais,
Ele fazia por ela
Tudo o que fosse possível
Para a alegria dela.

Entre o bonito casal
Reinava a felicidade,
Porém, debaixo do sol,
A inveja e a maldade
Jamais aceitam que alguém
Seja feliz de verdade.

Tanto que Pitá dizia:
— Moroti, ouça um segredo:
Apesar de tão feliz,
Confesso que tenho medo
De um dia a nossa ventura
Ir embora no degredo.

A moça, porém, falava:
— Deixe de inquietação;
Nada vai nos separar,
É seu o meu coração.
Acalme-se, pois não há
Motivo para aflição.

Pitá apenas sorriu,
Beijando o rosto da amada.
Despediu-se quando a Lua
Enfeitava a madrugada
E o sabiá já cantava,
Anunciando a alvorada.

Pitá não sabia, mas
Era bastante invejado:
O cruel Nhandé Iara,
Um ser mal-intencionado,
Resolveu interferir
E foi triste o resultado.

Ele plantou a semente
Da vaidade em Moroti,
E tanto insistiu que um dia
A donzela guarani
Duvidou se o bom Pitá
Gostava mesmo de si.

Uma tarde, quando o sol
Se afundava na montanha,
A índia à beira do rio,
Tomada por força estranha,
Resolveu testar Pitá
Numa difícil façanha.

Vendo outros jovens ali
Conversando alegremente,
A índia aponta Pitá
E diz: — Entre a nossa gente
Não nasceu, nem nascerá
Um guerreiro mais valente.

O jovem se entristeceu,
Já temendo uma má sorte,
Mas Moroti prosseguiu
Dizendo: — Pitá é forte
E, por isso, não tem medo
Da cara feia da morte.

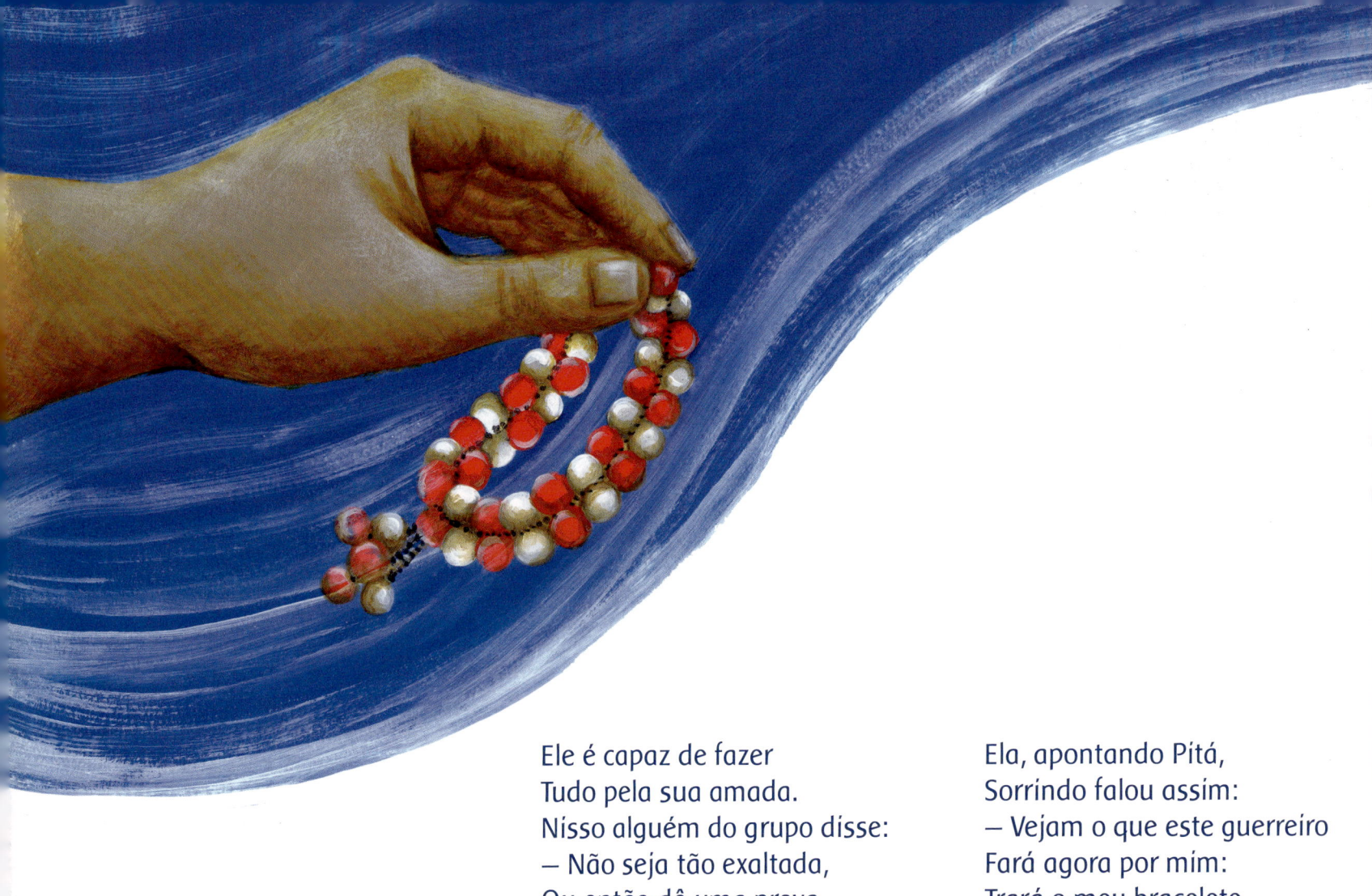

Ele é capaz de fazer
Tudo pela sua amada.
Nisso alguém do grupo disse:
— Não seja tão exaltada,
Ou então dê uma prova
De que não está errada!

Morotí, envaidecida,
No mesmo instante pegou
Seu bonito bracelete
E no Paraná lançou.
Como o rio estava cheio,
Ele depressa afundou.

Ela, apontando Pitá,
Sorrindo falou assim:
— Vejam o que este guerreiro
Fará agora por mim:
Trará o meu bracelete
Sem achar nada ruim.

Pitá era respeitado
Como grande nadador.
Mergulhou no Paraná,
Mesmo sentido um temor,
Arriscando sua vida
Pelos caprichos do amor.

Tarde demais, Moroti
Foi perceber a tolice,
E esperou mais de uma hora
Que seu guerreiro subisse,
Em vão, pois Pitá não mais
Retornou à superfície.

Pôs-se a bradar como louca
Por seu amado Pitá,
Repreendendo a si mesma
Por ter sido muito má,
Porém não houve resposta
Das águas do Paraná.

Os jovens ao lado dela
Faziam preces, choravam.
Logo à nação guarani
As más notícias chegavam.
Do mais moço ao mais idoso,
Todos ali lamentavam.

Moroti, depois de ter
Perdido na vida a fé,
Recobrou parte do ânimo
E procurou o pajé:
Um ancião muito sábio
Chamado Pegcoé.

Este disse: — Minha filha,
No fundo do grande rio
Vive cruel feiticeira,
Que me causa calafrio,
E trazer Pitá de volta
Será grande desafio.

Sua magia maléfica
Causou grande dissabor.
Assim, Pitá esqueceu
Sua vida anterior
E, num palácio encantado,
Encontrou um novo amor.

É um palácio dourado,
De beleza sem igual.
Num quarto de diamantes
Vive Pitá, afinal,
Sem sequer imaginar
O seu destino fatal.

Essa bela feiticeira
Atraiu mais de um guerreiro.
Quem sucumbiu ao seu canto
Seguiu para o cativeiro
Para de I Cunhã Pajé
Transformar-se em companheiro.

A feiticeira assim torna-se
Do bom guerreiro consorte,
Mas logo se cansa dele,
Pois seu amor não é forte,
E o bravo desta maneira
É sentenciado à morte.

É esse, filha, o destino
Do nosso bravo Pitá.
Moroti disse: — Pajé,
Isso não ocorrerá,
Pois vou trazê-lo de volta;
Cunhã não o matará.

— Vá, minha filha, buscá-lo,
Porque se o trouxer de volta,
I Cunhã Pajé não pode —
Contra aquele que se solta —
Mesmo sendo poderosa,
Exercer sua revolta.

Só o seu amor humano
Vencerá o malefício.
Tenha cuidado porque
Será grande o sacrifício
E uma grande provação
Agora terá início.

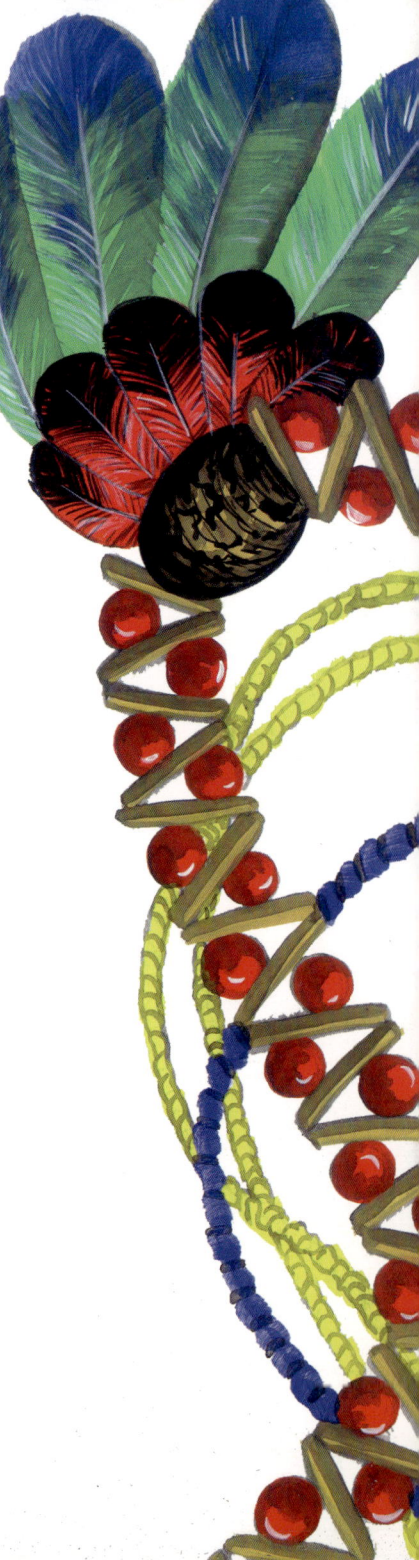

E com uma pedra atada
Aos pés ela se atirou
Ao grande rio, porém
Por encanto se livrou
De ali morrer afogada
Quando ao palácio chegou.

E, durante à noite, o povo
Postado à margem do rio
Elevava à divindade
Um confuso vozerio,
Pedindo que Morotí
Superasse o desafio.

Toda a floresta em silêncio
Ouvia aquele lamento.
Nem a coruja agourava,
Nem soprava mais o vento:
Toda a mata parecia
Unida num pensamento.

As mulheres derramavam
Por Pitá sentidos prantos;
Os guerreiros guaranis
Entoavam muitos cantos,
Já os velhos se irmanavam
Para vencer os encantos.

A angústia os consumia
Naquela triste demora,
Até que a treva cedeu
Ao brilho róseo da aurora.
Foi aí que perceberam
Que a noite estava indo embora.

Acharam que esta batalha
Estava mesmo perdida.
Nem Morotí nem Pitá
Davam mais sinal de vida,
Quando viram flutuando
Uma flor desconhecida.

As pétalas eram vermelhas
Na parte externa da flor.
As do meio eram tão brancas
Lembrando o profundo amor
De Pitá por Morotí,
Pois tinha a moça esta cor.

Morotí quer dizer "branco"
Na língua dos guaranis.
Pitá — já disse — é "vermelho".
E assim o destino quis
Que aquele casal vivesse
Pra sempre unido e feliz.

Todo a tribo desolada
Olhava para o pajé.
— Por que vocês estão tristes? —
Perguntou Pegcoé.
— Essa flor que contemplamos
É chamada de uapé.

O povo, sem entender,
Ainda ouviu do ancião:
— Moroti, a linda jovem,
Por sua dedicação,
Com seu amor libertou
Seu amado da prisão.

I Cunhã foi derrotada,
Não mais nos perseguirá.
Vi que as flores do uapé
São Moroti e Pitá.
O mais belo dos casais
Para sempre unido está.

Notem que as pétalas se beijam
Antes de submergir
Para lembrar que um guerreiro
Um dia precisou ir,
Satisfazendo o capricho,
Sem pensar em desistir.

Sua amada, arrependida,
Se lançou no precipício,
Resgatando o seu amor
Por meio do sacrifício.
Esta flor mostra a vitória
Da virtude contra o vício.

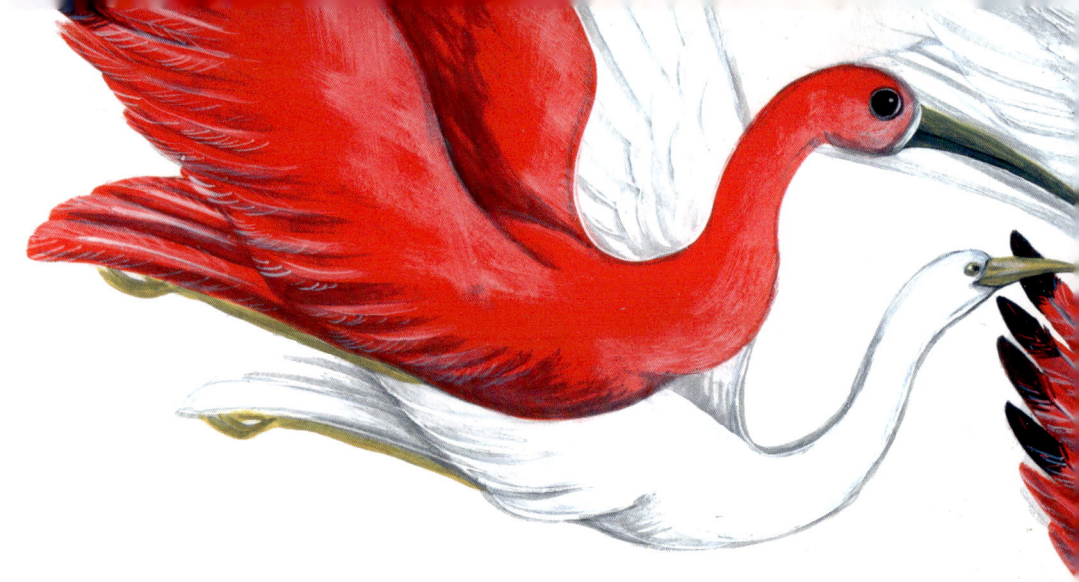

O sábio pajé calou-se,
Porém sua explicação
Foi aceita pelo povo
Guarani e, desde então,
Vem atravessando os séculos
Nas asas da tradição.

Glossário

Nota: as palavras originais da língua tupi, que não eram escritas, quando passadas para o papel, sofrem, naturalmente, alterações na sua pronúncia. O significado, portanto, é aproximado, e serve mais para nos ajudar a compreender a riqueza do simbolismo das lendas e de tudo o que envolve o mundo dos primeiros habitantes da América.

Cunhã (ou *ku'ñã*) – mulher. *I Cunhã Pajé* pode ser traduzido como "feiticeira das águas" (água= *ig*)

Moroti – designa a cor branca.

Nhandé Iara – a tradução literal desta palavra é "nosso senhor". Mostrado como criatura maléfica na lenda, Nhandé Iara, como toda entidade, é ambivalente, isto é, a depender do contexto, pode parecer bom ou mau.

Pajé – alguns traduzem pajé como feiticeiro. Na verdade, o pajé é o líder espiritual de uma aldeia ou comunidade.

Pitá – vermelho em tupi.

Uapé (ou *wa'pé*) – nome guarani da vitória-régia, planta aquática da família das ninfeácias, também conhecida como irupé, aguapé (tupi), jaçanã aguapé-assu, nampé, forno de jaçanã, rainha dos lagos, milho d'água e cará-d'água. O sumo de suas raízes é utilizado pelos índios como tintura para os cabelos.

Marco Haurélio é poeta (cordelista) e pesquisador do nosso folclore. Natural de Ponta da Serra, município de Riacho de Santana, sertão baiano, desde cedo conviveu com as manifestações da cultura espontânea: reisados, procissões, festas de padroeiros etc. O contato com a literatura de cordel ocorreu ainda na infância, quando já arriscava os primeiros versos e criava histórias de príncipes e fadas, lidas para a família.

É autor de vários sucessos do cordel contemporâneo, como *Os três conselhos sagrados*, *Presepadas de Chicó e astúcias de João Grilo*, *Belisfronte, o filho do pescador* (Luzeiro), *Galopando o cavalo Pensamento* e *As três folhas da serpente* (Tupynanquim). No campo da literatura infanto-juvenil, escreveu, entre outros, *A lenda do Sací-Pererê em cordel* (Paulus), *A megera domada* e *O Conde de Monte Cristo* (coleção Clássicos em Cordel, da editora Nova Alexandria).

É autor, ainda, de *Breve história da literatura de cordel* (Claridade) *Contos folclóricos brasileiros* (Paulus), *O príncipe Teiú e outros contos brasileiros* (Aquariana), *Histórias de combates, amores e aventuras do valoroso cavaleiro Palmeirim de Inglaterra* (com José Santos, FTD), *Contos e fábulas do Brasil* (Nova Alexandria) e *Meus romances de cordel* (Global).

Blog do autor: marcohaurelio.blogspot.com

Veruschka Guerra

"Na minha infância, quando ia a casa dos meus avós, havia um livro de lendas brasileiras na estante. Suas histórias abriram a porta para um mundo que até então eu não conhecia. Suas ilustrações me fizeram compreender uma outra linguagem - a imagem.

Através dela o povo indígena falava sobre sua riqueza e vivacidade, sobre sua ligação clara com a natureza e poderia ser compreendido em qualquer lugar. Neste dia eu desejei falar esta linguagem.

Pintar a história da vitória-régia para mim foi um retorno àquele momento, quando sonhei contar histórias por meio de imagens. Posso dizer que sou muito feliz, pois amo o que faço. Neste trabalho já abri muitas portas para mundos diversos e aprendi algo em cada um deles.

Trabalho desde 2010 como ilustradora de livros infantis. Em 2011 fui me especializar na *Fondu-zione Mostra Internazionale di Illustrazione per l'Infanzia Stepan Zavrel* na Itália. Um lugar *bello* onde, posso dizer, cresci muito pessoal e profissionalmente."